사랑그리기 12

조금만 울고 많이 그리워하기

사랑그리기 12

조금만 울고 많이 그리워하기

김찬수 시집

글머리에

새로운 느낌 그리고 새로운 시작을 위해

　정말 고마운 많은 사람들과 함께 살고 있다는 생각에 나도 모르게 미소짓고는 합니다. 긴 방황 끝에 돌아온 여행에서 모두가 아무 일 없었던 듯 반겨 주었던 그 힘든 시절을 이제 추억이란 이름의 미소로 대신하며……

　너무 많은 걸 이해해 주셔서 자연히 책임감을 느끼게 해주시는 부모님, 항상 믿음으로 답을 전해주는 나에게 나 이상의 큰 힘을 갖게 해주는 친구들, 긴 방황의 끝을 위해 다시 일어서는 시작이란 마음으로 세상에 내 놓았던 첫시집을 읽고 너무 고마운 글을 보내주었던 부산과 인천, 목포……멀리서 날아온 정말 뭐라고 말할 수 없이 큰 힘이 되어준 얼굴 모를 친구들을 떠올립니다.

　이제 그 친구사랑의 뒷면에 가려졌던 이야기를 저의 두번째 낙서집을 겁없이 또 한번 세상에 내 보냅니다. 많은 아쉬움이 남는 1집이었기에, 내 의지와는 상관없이 시를 썼던 진정한 의미를 잃어버렸던, 내 능력 부족으로 약속을 무시해 버리게 만들었던 1집이었기에, 첫시집에서 말하지 못했던 그 찬바람 같은 그리움을 한 친구와 했던 약속을 지키기 위해서 그것이 내가 내게로 했던 약속일지라도 그 친구에게 마지막 선물을 할까 합니다. 진정 다시 서는 나의 모습을 위해서…….

낙서 공해라고 진정한 시를 어지럽히는 글이라고 세상이 나에게 비난할지라도 그 기억 속의 순간만은 순수란 이름의 추억이라 부를 수 있기에 그리고 먼 곳에서 이 글을 읽고 미소짓고 있을 친구들의 미소의 의미를 알기에, 언제인가는 나올 나의 진짜 시를 믿기에, 한 친구와 그 친구들에게 이 글을 선물합니다.

아들덕에 무척이나 마음 고생하신 부모님과 형에게 감사하다는 말은 너무 죄송스러워 못하겠고 앞으로 더 나은 모습 보여드리는 것으로 대신 할까 합니다.

끝으로 여러 가지로 배려해 주신 교수님과 한번의 기회를 더 주신 등불 여러분께 고마움을 전합니다.

1996년 12월

김 찬 수

제1부
싱그러운 사랑

제2부
찬바람 같은 그리움

제3부
간직하고픈 이야기

제4부
우리 젊은 날에

싱그러운 사랑

싱그러운 풀내음 속에 레몬향 짙은
그 상큼한 느낌으로 다가오는
그런 사랑의 그리움들……

사랑 논술 문제

무엇인가를 받기보다는
무엇인가를 주고 싶었던 사람,
도움을 소망하기보다는
작은 힘이라도 보태고 싶었던 사랑
아낌없이 베풀고 싶었던 사랑
나의 기대보다는
그 사람의 기대를 먼저 생각했던 사랑
나의 빈곳보다는
그 사람의 부족함이 더 아프던 사랑
항상 더 해주지 못해
안타까웠던 그런 사랑.

(문제) 위 사랑의 잘못된 점을 서술하시오.

(정답) 사랑은 무조건 주는 것이 아닙니다.
　　　 가끔은 무엇인가 소망도 하고
　　　 조르기도 하는 그런 것입니다.
　　　 사랑이란.

오늘만 그 소리 네번 들었어

친구들 모임에 갔었는데 친구들이
"왜 오늘은 혼자야
매일 붙어 다니드니
어디 아프데니?" 그 소리에
난 할 말을 잃어버렸어.

영어학원에 갔더니 강사가
"늘 옆에 앉아 있던
친구분은 어디 갔어요." 그 소리에
영어보다 우리 말이
더 어렵게 느껴지긴 처음이었어.

자주 가던 커피숍에 가보니
"오늘은 혼자네요?
이런 날은 혼자가 어울리지요."
커피맛이 그렇게 쓰다는 걸
그날 처음 느꼈어.

아무것도 먹지 못해 포장마차에 가니
"여기서 만나기로 했수.
그래, 오면 같이 시켜야지"
하루종일 굶기는 처음이야.

너와 이별한 첫날
나의 하루였어

지금 너에게
하고 싶은 말은
너 만약에
내일도 내 곁에 없다면
최하 사망이야 알지.

사랑 종량제 규격 봉투

이 사랑 종량제 규격 봉투는
실연 당한 여자의 사랑만을
담는 규격 봉투이오니
남자는 이용할 수 없습니다.
옆에 있는 남성용 파란 봉투에
사랑을 넣어 주시기 바랍니다.

이 사랑 종량제 규격 봉투는
잊을 수 있는 사랑의 추억만을
담는 규격 봉투이오니
당신이 겪은 잊을 수 없는
사랑의 추억은 따로 분리해
보랏빛 규격 봉투에 넣어 주십시오.

이 사랑 종량제 규격 봉투는
정리 가능한 이별만을
담는 규격 봉투로
정리 불가능한 이별을 겪은
그대의 이별은 넣을 수 없으니
핑크빛 규격 봉투에 따로 넣어 주십시오.

이 사항은 우리 사랑 공화국
종량제 위원회에서 말씀 드렸습니다.

사랑의 경로

?

!

,

.

......

대화

―남과 여

남 : 오늘 미팅 한다며?
　　(나가면 끝이야)
여 : 응, 친구가 사람이 한명 모자란다고 해서.
　　(거절했어, 너 때문에)
남 : 그래, 여러 사람 만나서...사정이 그러면 나
　　가야지.
　　(니가 그러고도 내 여자 친구냐)
여 : 응, 미안해, 이해하지?
　　(바보야, 너 나 좋아하긴 하니)
남 : 응, 그래, 그럴 수도 있지.
　　(이해, 너 그걸 말이라고 하니)
여 : 그만 가봐야겠다
　　(이 바보, 정말 안 잡을 거야)
남 : 그래, 그럼 내일 보자
　　(정말 안 간다는 말 한마디 안 하니)

남·여 : 그래 잘 가.
　　(바보, 사람 속도 모르고)

젖소 한 마리

나 너에게
고백할 게 하나 있는데

예전에 소개팅을
한번 했었는데
그때 주선한 친구하고
미리 약속을 했었어.

나오는 상대가
마음에 들면 커피를 시키고
마음에 들지 않으면 우유를 시키기로

그런데 상대가
잠깐 화장실 간 사이에
웨이터가 주문을 받으러 왔었어.

그래서 그때 난
"아저씨 여기 젖소 한 마리
갖다 주세요"라고 했지.

근데.
그날 나온 상대가
누군지 너 혹시 알고 있니?
히히. 바로 너야.

이제 그만 할거야

이제 그만 할래
너의 그리움 접기 위해 했던
모든 일들

자꾸만 생각나
어울리지 않는
시라는 것도 써 보고
지금은 너무 많이 써서
머리에 쥐가 날려고 해

마음이 너무 아파
주량도 잊어 가며
가슴이 시리도록 술도 마셨지
지금은 너무 많이 마셔서
위장에 구멍이 날려고 해

아무것도 할 수 없어
얌전히 집만 지키며
많이 착실해졌다는 칭찬을 듣지만
지금은 너무 많이 집만 지켜
온몸에 곰팡이가 날려고 해

왜, 나만
쥐가 나고 구멍이 생기고
곰팡이가 나야만 해

만약에,
네 친구들에게 알아봐서
너에게도 이런 증상들이
나타나지 않았다면

나 이제부터는
그만 할거야

억울해 잉~.

심각한 건망증

어, 비가 오네
그 핑계로
너에게 부드러운
비엔나 커피 사달라고
전화할까.

아니면, 그렇지
분위기 있는
영화 한 편 보러 갈까.

영화보다
그래 이런 날은
우산 하나 같이 쓰고
그냥 걸어보는 것도

아니면
감미로운 음악을 마주보며
함께 칵테일 한 잔을

그래 그렇지……
늘 나의 투정을 다 받아 주던
너는……
이미 떠나갔지.

애꿎은 장난

"아직도 아프니?"
그럼, 넌 몇 년이나
지났다고
안 아프겠니.

너는 그 사이에
또 다른 사람들에게
나에게 주었던
똑같은 상처를 주었겠지.

하지만 너 그거
알고 있니?
너가 생각하기에
별거 아닌 것 같은
네가 준 상처 때문에

애꿎은 다른 사람들은
몇년 동안이나
그 상처로 인해
마음 고생하는 것을…….

뛰는 놈 위에 나는 놈

미팅 나갔을 때
친구 녀석이
"제 내가 점찍었다."

응, 그래
"그럼, 뭐 성형외과 가서
내가 그 점 빼주면 되지 뭐."

사랑찾기

골키퍼 있다고
골 안 들어가냐

짜식.
그럼 한골 들어갔다고
무조건 경기에서 이기디?

지들이 콩깍지면서

락까페를 좋아하는 너와
나이트를 좋아하는 나

호프집을 좋아하는 너와
포장마차를 좋아하는 나

맥주를 좋아하는 너와
막걸리를 좋아하는 나

피자를 좋아하는 너와
빈대떡을 좋아하는 나

스파게티를 좋아하는 너와
막국수를 좋아하는 나

친구들은 우리를 보면서
참 이해가 안 되는 커플이라고
서로 눈에 콩깍지가 씌었다고
말들 하지만

하지만 눈에 콩깍지가 씌인 건
우리가 아니라 친구들이지

나를 좋아하는 너와 너를 좋아하는 나
그런 공통점이 우리에겐 있는 걸

이런 하루일과라면

딴 생각하다가 한 정거장 지나쳐
힘들게 걸어와 10분 지각해 아침부터 꼬이고
기분 풀까 해서 자판기에 동전 넣어
커피 뽑는데 종이컵이 안 나오고
오랜만에 공부 좀 하려고 언덕길 올라
시립 도서관에 갔더니 정기휴일이고
운동 좀 할까 해서 실내수영장에 가
물안경도 안 쓰고 가자마자 폼 잡고
수영솜씨 뽐내며 물에 들어갔다가
나오니 콘택트렌즈가 간데 없고
주말 오후 데이트 약속 잡아놓고 카드만 믿다가
나가는 길에 365일 자동화코너에 휘파람 불며
가보니 현금인출기 현금 부족에 불이들어와 있고
버스 기다리는데 30분이 지나도 오지 않아
택시 잡았는데 택시 타고 보니 그 뒤로
기다리던 번호 버스 3대가 줄지어 서 있고
쓰레기통을 향해 정 조준해 던진 담배꽁초가
서 있던 경찰관 앞에 떨어져 고스란히 벌금 내고
토요일 오랜만에 친구들 만나 밤새고
다음날 새벽 집에 들어와 일요일 하루종일 자고
월요일 아침에 일어났는데 일요일 아침으로
착각해 하루 일이 엉망이 되고

─지친 하루 축 처져 있는데
　"오늘 많이 힘들었지?" 하며
　걸려오는 부드러운 목소리의 너의 전화
─그래도 괜찮아
　너만 내 곁에 있으면

그럴 때만 어리지

내가 아이스크림
먹으러 가자고 하면
"애들처럼 무슨......."

내가 햄버거 먹고 싶다고
사달라고 조르면
"이 나이에 웬......."

우리 같이 손잡고
가자고 슬쩍 잡으면
"어린애같이 유치하게......."

그래, 그렇게
그렇게 말하던 네가

한참을 분위기 잡고
"우리 나중에 결혼이나 할까?"
얼굴 빨개져 고백하고 나니,

"아직 나이도 어린데
무슨 벌써 그런 얘기를......."

그래, 이 웬수야!
넌 그럴 때만
어리지.

배부른 돼지와 배고픈 소크라테스

어느 추운 겨울날
사랑하는 여자가 춥다고 말한다

"그럼 내가 겨울 동안
아프리카로 여행 보내 줄게."
"미안, 오늘은 내 손 꼭잡아
내일은 예쁜 벙어리 장갑 하나 사줄게."

어느 더운 여름날
사랑하는 여자가 덥다고
말한다

"그럼 내가 여름 동안
북극으로 여행 보내 줄게"
"그래, 오늘은 시원한 팥빙수 먹자
그리고 내일은 멋있는 부채 사줄게."

그래, 너 돈 많다
모자라도 한참 모자라는 인간아
아프리카 가면 안 덥고
북극 가면 안 춥니.

그것도 모르고

바보! 그럼, 어때.
네가 내 자손심 좀
건드리면 어때

내가 토라진 척 하자
안절부절 못하는 너의 모습
난 그런 네 모습이 싫은데
나의 자존심 좀 건드리면 어때

나는 너의 당당한 모습이
좀더 강한 너의 모습이
보고 싶은데

나의 표정 하나에
약해지는
너의 그런 모습
난, 정말 싫은데

바보! 나의 자존심 좀
건드리면 어때.

이제는

쉽지?
아니야
이젠 느껴
어렵다는 것을

사람 하나
잊고 산다는 게......

희망

가슴을 열고
하늘을 한번 봐

이제 지갑을 열면
먼가 조금은 차 있고

물구나무를 서 보면
주머니에서 먼지 말고도
먼가 좀 떨어지지 않니

그게 바로
네가 방황하며
그토록 찾던
희망이란 거야

자......아
이제
네가 잃은 것만 생각하지 말고
얻은 것도 한번 생각을 해봐
다시 일어서고 싶지 않니.

동화의 나라로 I
―백설공주

어디서 보았더라
어디더라 그래, 맞아.
백설공주 동화책 속의
그 모습이었어.

투명한 유리관에
잠들어 있는 예쁜 소녀
그 잠을 깨워 주는
백마 탄 멋있는 왕자

내가 널 처음 보았을 때
바로, 그 느낌이었어.

근데 어쩌지?
넌 동화책 속의
그 예쁜 모습이지만
난 그런 멋있는 왕자는
더욱이 백마 탄 왕자는 아닌 걸

비록 내가
그렇게 멋있지는 않지만
조랑말 한 마리 갖고 있지는 않지만
너에게 동화속의 왕자님이 될 순 없을까?

동화의 나라로 2
―호동왕자

걱정하지마
나는 너에게
무슨 무슨 왕자처럼

너희 집에서
가장 소중한 물건을
부숴 달라는 그래야
너와 결혼할 수 있다는

그런 황당한 부탁은
절대 하지 않을 테니.

왜냐면,
나안, 난 말이지
호동이처럼
왕자가 아니니까.

동화의 나라로 3

—신데렐라

그래, 난 정말로
신데렐라 같은
여자보다는
지금의 네가 훨씬 좋아

자신의 노력없이 마법사가
왕자를 만나게 해주고
왕자가 자신을 찾아오기만을
기다리는 그런 용기없는
신데렐라보다는

힘든 환경을 스스로 극복해 나가는
작은 너의 모습이
맑은 너의 눈빛이
나는 더 예뻐 보이는 걸

그리구 나는
누구처럼
큰 궁전도 또 구두를 들고
신데렐라를 대신 찾아다니는
그런 신하도 없는 걸 뭐

그러니 내 곁에
네가 있다는 게
얼마나 다행이야 그치?

동화의 나라로 ㄴ

—피노키오

나무 인형이던 피노키오가
많은 모험을 겪으면서
조금씩 착해지고
끝내는 아버지를 만나고

요정의 도움으로
결국에는 피노키오의
소원이던 진짜 사람으로
착한 어린이로 변하던데

나도 착한 일을 하며
유럽 배낭 여행을 갔다 오면
네가 내 곁에 와 있을까

내 소원이 네가
내 여자친구가 되는 것이니까

아참, 근데
한가지가 문제네
그 예쁜 요정은
어디서 구하지?

동화의 나라로 5

—파랑새

맞아, 항상
그렇기 마련인데
소중한 것은
자신의 곁에 있기 마련인데
우린 그걸 뒤늦게 깨닫지.

많은 방황을 하고
여러 시련을 거치고 난 뒤에야
동화 속 파랑새 이야기처럼

내가 찾던 파랑새가
바로 너였다는 걸
예전엔 왜 몰랐을까

만약, 만약에
나 떠나기 전 그 모습 그대로
너 아직도 남아 있다면
다시 내게로
날아와 주지 않을래?

왜냐면
넌, 넌 나의 하나뿐인
파랑새니까.

제2부

찬바람 같은 그리움

아프다는 말조차도 기억나지 않는
날개없이 추락하는 끝이 보이지 않는
그 아득하기만 한 그리움
단지, 1분만 더
아니, 단 한번만이라도……

너에게

그 아이가 아주 먼 곳으로
새로운 보금자리를 만들어
떠난 지도 벌써 두 해가
지났습니다.
그 아이 떠난 자리에서
마지막으로 했던 약속,
너의 이야기를 한 권의 책으로
묶어주겠다던 약속을
아직도 지키지 못했습니다.
쓸쓸한 자리 맴돌며
한번의 겨울이 가고
또 한번의 겨울이 지나가고 있습니다.
아직 그 약속을 포기하지 않고 있습니다.
이제 그 약속을 마지막으로
지켜주어야겠습니다
그것이 내가 내게로 했던 약속일지라도
슬픈 가슴을 아픈 추억으로 헤집고 써 내려간
그 아이를 위한 글이었기에
이제 하나의 추억으로
나 살아 있는 동안
영원히 남을 기억으로
묶어둘까 합니다

나에게 주고 간 것

참 많은 것을 주고 갔습니다
장난기 많은 철부지 아이를
그늘을 간직한 시인으로 만들었고
하나로 만족 못해 늘 여러 사람을
하고 다니는 아이에게 한 사람에
대한 그리움의 크기가 그 이별의 아픔이
얼마나 클 수 있는지를 알게 해 주었고
책읽기를 지독히 싫어하는 아이를
한해 동안 이백여 권의 책을
읽게 만들었고
늘 웃음을 잃지 않았던 아이에게
근 일년 동안 웃음을 빼앗아갔고
대학입시의 좌절로 희망을 잃은 아이에게
새 희망을 주며 일으켜 세워 주었고

술을 음료수 먹듯 하는 아이에게
술이 지겹게 만들어 주었고
고집이 강해 마음 먹은 것을 포기하지
못하는 아이에게
자신의 힘으로도 가질 수 없는 것이
있다는 것을 일깨워 주었어
너 하나 떠나 버린 일로

이 모든 것을 주고 간
너.

다시 맞이한 너의 생일
—이 글은 나의 가슴 속 소녀에게 바칩니다

어두운 조명의 그 까페
너의 생일 촛불 스물 한 개
그 까페 그 자리도
예전 그 모습을 간직한 채
나의 곁에 머물러 있는데

나를 마주보며
촛불을 끄던 너는
촛불의 꺼짐과 함께
나의 곁을 떠나

내가 갈 수 없는
머나먼 그 곳으로
나를 남긴 채 떠나갔구나
나 혼자 앉은 채
촛불을 켜고 있지만

나 슬퍼하지 않을래
네가 먼저 그곳을 갔을 뿐
나도 언제가 너에게 갈 테니
그리고 너는
그곳에서 헤어짐 없는
보금자리를 준비하고 있을 테니

그것만은 못하겠어

"난, 책 많이 읽는
남자가 좋더라" 그래서
한해 동안 200여 권의
책을 읽었는데

"저 목걸이
참, 예쁘다 그치?"
백화점 지날 때 그 소리 듣고
너의 생일 때 한달 용돈 다 털어
너에게 선물해 주었는데

"저 할머니
참 안돼 보인다"
시장 모퉁이 지날 때마다 그말 듣고
달려가 바구니에 들어 있던
이름모를 산나물 다 사들고
집에 가 일주일 내내 산나물 반찬만 먹었는데

이렇게 이렇게
네가 원하는 일이라면
뭐든 해줄 수 있지만

네가 마지막 남긴
너 없이 혼자 서라는
그 말만은 그것만큼은
내 뜻과는 상관없이
내 마음이 말을 안 들어
들어줄 수가 없구나

한번만 더

지켜 보고 있니
그래 넌 나를
보고 있을 거야

네가 마지막으로
하고 간 부탁,
흔들리지 말라는
그 마지막 소망을

지금에서야 지키고 있구나
오랜 여행 끝에

너없이 나는 무척이나
괴로웠는데
너는 대답이 없구나

다시 한번만 날
지켜 봐 주겠니
너 없이 다시 서는 나를

고백

시간이 흐르면
자신이 잘해 준 일은
기억에서 지워지고
자신이 잘못한 일은
시간이 지날수록
기억에서 남는다고 합니다

저는 그 아이에게
잘못한 게 많은 것 같습니다

슬픈 회상

예전에 너를 만났을 때
둘이서 차 한 잔을
마시고 나면
지갑이 비어 하루 종일
걸어만 다녔지

나의 못난 자존심에
힘들게 걷고 있는 널 보면
무거운 너의 지갑만큼이나
나의 마음도 무거웠지

하지만 밝게 웃으며
"난 아이쇼핑 할 때가
제일 기분 좋더라." 말하던
너와 보낸 그 시간들이
이젠 행복이라 말할 수 있을 것 같다.

지금은 지갑이 그렇게
가볍지만은 않은데
이제는 아이쇼핑 같은 건
안 해도 되는데
네가 원하면 뭐든 해줄 수 있고
힘들게 하루 종일 걷지 않아도 되는데

너와 보낼 수 없다는
그 이유 하나만으로
이 시간들이 하나도
즐겁지가 않다.

집착

가끔 만나는
그냥 친구라는 애들은
이번에 책 나왔데메
축하한다, 야.
"응, 그래."

오랜만에 만난
나의 오랜 친구는
아직도 써야 하니
이제는 잊어도 되지 않겠니
"……."

삼백예순다섯 방울로 지운 편지 그러나 가슴 속에 남은 사연

마지막이란
그 싸늘한 느낌의
글자가 쓰여진
편지를 받은 지도
삼백예순다섯 날이
지나가 버렸습니다

하루에 한 글자씩
나의 눈물 한방울로
지워 나간 편지지는
꼬깃해져 버렸지만

오늘 흘린 눈물 한방울로
마지막 글자 하나마저도
사라져 버렸지만
가슴 속 사연만은
지워지지 않았습니다

이제는
두볼에 떨어져 내리는
눈물이 아닌
가슴 속으로 떨어지는 눈물
삼백예순다섯 방울을
흘려야 하나 봅니다

사랑할 수 있다는 것만으로도

너에게서
사랑을 받을 수 없다는 것은
그래도
나만은 여전히 널 사랑할 수 있기에
조금은 위안 받을 수 있는 아픔이다.

하지만

너를
사랑할 수조차 없다는 것은
아픔의 크기마저도 알 수 없는
내가 짊어지기에는
너무 무거운 형벌이다.

사랑학개론

사랑하는 사람의 말을
믿을 수 없다는 것은
이별을 예감했기 때문이고

사랑하는 이의 말이
현재형이 아니라 과거형이라면
가지고 있던 사랑이
이별 앞에 무릎 끓었다는 것이다.

예전 느끼던 사랑이
자주 그리워진다면
지금의 사랑에 싫증이 난 것이고

다른 사랑의 이별을 보고
아름답다고 느끼는 사람은
정작 이별의 아픔을
그 찬바람 같은 그리움을
한번도 겪어보지 못한 사람이다.

첫사랑

그 당시에는 알지 못하는 것
지날수록 향기가 짙어지는 것
시간이 약이 되는
조금씩 치료되는 불치병
꼭 한번은 앓고야 마는
젊은 날의 열병
그 순간에는 볼품없는 습작이
세월이 지날수록 명작으로 변해 가는 것
자신의 나이와는 반대로
점점 더 젊어지는 기억
이런 말들조차도 그 의미를
퇴색시키지나 않을까 조심스러운
그런 것이다.

내가 느낀
첫사랑은······.

붕어빵 국화빵 사랑

너에 대한
나의 사랑을
꺼내 보여 달라고?

이런 바보!
붕어 들어 있는 붕어빵 봤니?
국화 들어 있는 국화빵 너 봤니?

네가 먼저
나에게 보여 준다면
나도 너에게 보여 줄게
친구야!
사랑은 모양도 색깔도 향기도 없단다
단지
진실한 믿음과 마음이 있을 뿐.

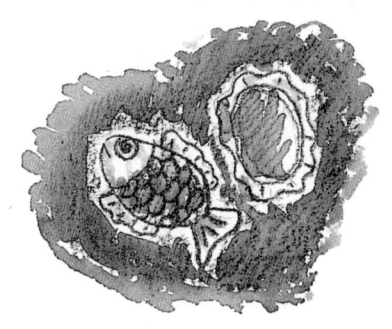

느낌표

그 사람과
자주 커피를 마시고
많은 대화를 나누고
둘이서
여행을 다니고
서로가 생일을
기억해 주고
선물을 편지를
많이 주고 받았다 해서
매일 전화로
목소리 들었다고 해서

사랑일 수는 없습니다

중요한 건

사랑한다는
말 한마디였습니다

할 수 있을 때

할 수 있을 때
사랑을 고백하세요
그 순간 놓치고 나면
영원히 그리움 속에 사라질 테니.

할 수 있을 때
사랑하는 사람에게
그의 소망을 들어주세요
언제나 해줄 수는 없을 테니.

할 수 있을 때
떠나가는 사랑을 잡으세요
만약 그대 잡지 않는다면
마지막이란 그 황당함을 겪을 테니.

너

삼수시절 학원에서 자율학습 할 때
짜증나는 날 늘 전화해 부르면
아무 핑계없이 달려오던 아이
대학 신입생 시절 술자리가 벌어져
사상이다 자유다 재미없는 얘기 늘어놓을 때
나보다 더 심각한 얼굴로 끝까지 들어주던 아이
찔리는 마음으로 미팅 나갈 때
눈이 더 작네 키가 좀 커보이네 머리가 약간 짧네
언제나 나의 기준이 되어 내 마음 움직이던 아이
나보다 더 내 친구들 만나는 것을 좋아해
항상 부담이 없던 아이
어쩔 때는 어린 동생같다가
때론 어머니처럼 포근했던 아이
너는 여대생으로 나는 삼수생으로
이름표가 바뀌었을 때 일년이나 소식을 끊어
그래 너도 별 수 없구나 생각했는데
학력고사 보고 학교 교문을 나오는데
교문 앞에서 나에게 한아름 장미를 안겨주던 아이
새벽 1시만 되면 전화를 걸어
너 공부하나 안 하나 감시전화 한 거라며
새벽 5시까지 수화기를 놓지 않아
학원에 가서 나를 졸게 만들었던 아이

그렇게 그렇게 부르고 싶어
악이라도 쳐보지만
들을 수 없는 머나먼 곳으로 떠나간 너

아픔 그 후

나 이제는 많이
나은 것 같아
조금은 편안하게
너를 그리워하고 있으니.

너 이런 내 모습이
정말 밉지는 않지
네가 남긴 말처럼
너무 미안해 하지는 마.

아픔을 그리움으로
그리움을 추억으로 또
그 추억이 하나씩 지워지는
그런 날이 찾아오면
내가 더 미안해지지 않겠니.

우리 서로 너무
아파하지는 말자
너는 하늘에서
나는 지상에서

하늘과 땅이
모두 아프다면
온 세상이 너무
우울해지지 않겠니.

책임져

주말 오후가
지루해졌고
늦은 밤 누구와
이야기할 이유가
없어졌고
모임에 같이 나갈
파트너가 없어졌고
하루가 멀다하게
비전없는 소개팅에
지갑이 가벼워졌고
잠들기전 전화를
보면 한숨만 나오고
친구들과의 술자리에
나만 늘 싱글이고
음악회 티켓이 있음 멀 하고
영화표가 있음 멀 해
시간이 남으면 뭐 하고
콘도가 있음 멀 하겠니

왜 이렇게 되었는 줄 아니
너 하나 떠난 이유야

"책임져!"

천상에서의 키스

너 그토록 원하던 일
나 해주지 못했어
그때는 왜 그토록
망설이며 주저했는지

아마, 아마도
너를 너무 아꼈기 때문일 거야
네가 너무도 소중했기에
나 하지를 못했어

나의 미래를 불확실한 미래를
내가 알 수 없기에
다만, 네가
그날까지 기다려주기를 바랐어

하지만 내 앞에 안개 걷힌 지금
내게 남은 건 그 옛날 미래라는
이기심뿐
미안해.

지금 내가 너에게 해줄 수 있는 건
후회속에 너에게로 보내는
천상으로의 키스뿐.
용서해.

영원히 미완성일 수밖에

하루만 너와 같이
지낼 수 있다면
아니 한시간만이라도
너와 이야기 할 수 있다면

아니 단지
한번만 한번만이라도
다시 볼 수 있다면

혼자 남은 시간이
너무 커져 버린 지금은
지워지지 않는 그 추억이
원망스럽다

조금만 조금만 더
내 곁에
머물러 줄 수는 없었니

못다한 말이
못다준 선물이
못이룬 사랑이

너 떠난 지금
내 곁에
이렇게 남아 있는데

왠지 알겠니

더 마시면 안 된다는 것을
알면서도 계속 부어 버렸다
더 피워선 안 된다는 것을
알면서도 계속 내뿜었다

무너지고 있었다
아니 무너뜨리고 있었다
더 마시지 않으면
더 피우지 않으면

완전히 부서져
무너져 내릴 것 같은
두려움과 절망감에
반복된 행위는 계속되고 있었다

주위에서는 이제 나를
말리고들 있다
하지만 이미 늦었어
내 마음이 무너지지 않기 위해서는
내 몸이 무너져야 한다

그리움

시간이 많이 흘렀습니다
이제는 잊어도 될 것 같은데
자꾸만 되뇌이고 있습니다
내 자신이 못났다고밖에
생각할 수 없는
그리움

기억나지 않는 수많은 사람이 있습니다
아무리 생각하려고 해도 떠오르지 않는
하지만 문득문득 생각나는 사람이 있습니다
잊고 살려고 해도 잊을 수 없는
그 미친 듯한
그리움

희망사항

이제 글쓰는 것을
잠시 포기하려고 해.
그리움이 자꾸 자꾸 쌓여
그 그리움이 또 하나의
글로 나올 때까지.

그래 그 그리움마저도
완전히 떠오르지 않는다면
널 잊을 수 있겠지.

제3부

간직하고픈 이야기

미소와 함께 떠오르는 사람들
예쁠 수밖에 없는 추억
간직하고픈 사람 간직하고픈 모습
간직하고픈 아픔들······

얼마나 좋을까

글을 쓰고 싶어
펜을 들었어
하지만 쓸 말이
생각나지 않아

내가 느끼고 있는
이런 기분
이런 밤을
너도 지금 느끼고 있을까

다시 또 너의 얘기로
빈 노트가 채워지는구나
그래
이 노트 한 권을 다 채워서라도

나의 마음을 전할 수 있다면
아니
한번만이라도 네가
나의 이름 떠 올린다면

얼마나 좋을까.

나의 사랑일기

그녀를 만난 이후
나는 많은 것을
배우게 되었습니다

그녀로 인해
편지 쓰기, 엽서 쓰기
시집 읽기, 문학책 읽기
베토벤, 쇼팽 등을
그리고 고흐를……

하지만 그녀에게 배운
가장 소중한 것은
그리움입니다
누군가를 그리워할 수 있고
또 누군가 나를 그리워한다는 것을

그렇지만 나는 그녀에게
사랑한다는 말을 아직
하지는 않았습니다
그녀가 가장 힘들어 할 때
가장 큰 위로의 말이 될 수 있기에.

간직하고픈 사람들

시카고로 떠나 버린 보경이를
고등학교 때부터 지금까지
못잊고 있는 내가 아는 친구중에
순수란 말이 가장 잘 어울리는
가장 착한 한국의 공무원 광재,
지금까지 받아오기만 해
너무 미안한 마음이 큰
친구란 말이 가장 잘 어울리는 문영이,
매번 새로움을 주는
신선한 모습이 어색하지 않은
철없는 철부지 친구 병규,
무수히 원고를 퇴짜 맞던 시절
항상 희망을 주었던 그리고
누가 뭐라 해도 자신만은 인정한다며
잘 될 거라고 위로해 주었던
밤을 새워가며, 날필로 쓴 원고를
깨끗이 웃는 얼굴로 워드를 쳐준 뒤
자신에게 맡겨주어서 고맙다는
인사를 잊지 않아 나를 더욱 미안하게
만들어 주었던 여자 친구라기보다
친구란 말이 더 잘 어울리는
LA로 떠날 준비중인 영고,
희생이 무엇인지 주는 즐거움이 무엇인지
아낌없이 가르쳐주었던
너무 받기만 해 너무너무 미안해
헤어지는 순간까지 미안하다는 말을

못해 버리게 만들었던 이슬 같은 여자
깨끗하고 투명한 사랑을 가르쳐준 성아,
자신이 가진 꿈을 찾아
나만을 위한 마지막 피아노 연주를
들려 주고서 말없이 독일로 날아가 버린
피아노를 한동안 쳐다보지도 못하게 만들었던
그해 가을 낙엽 같았던 수연이,
노력하며 무엇인가에 도전하며
꿈을 이루어 나가는 것이 무엇인지를
몸으로 보여 주었던 그런 모습이
얼마나 아름다울 수 있는지 가르쳐준
그리고 다시 누군가를 사랑할 수 있게
만들어준 그러나 아픔으로 다가오는
미대에서 디자인을 전공하는 너무도 착한선령이,
어렵고 힘들 때 부르면 아무 이유없이
달려와 큰 힘이 되어주곤 하는
부담없이 소주잔을 기울일 수 있는 동생 병문이,
자신이 선택한 순수한 사랑을
이루기 위해 헌신적으로 노력하는
그 모습이 너무 귀여운 착한 동생 옥희,
학교를 휴학하고 나서부터 군입대하기까지
근 5개월여 동안을 주말만 되면 서울에서
안양까지 찾아와 아르바이트해 힘들게 번 돈으로
글쓰는 데는 술이 최고라며 가장 큰 힘이 돼주던
지금은 의무경찰로 군복무중인 동생 형석이,
아무 부담이 없는 그래서 더욱더 편안한

항상 먼저 연락해 주고 먼저 나를 챙겨
전화받을 때마다 미안한 친구 현주,
그리고 철없는 방황의 시절
두려움 없이 떠난 여름 여행에서
나와 광재, 문영, 병규에게
추억이란 이름의 잊을 수 없는 선물을 해준
미영, 미양, 성순, 경순이
그리고
그리고······
부르고 싶지만 부를 수 없는
쓰고 싶지만 쓸 수 없는
지금도 가슴 설레는
이름 하나
내게 남아 있지······.

After To. Lee

너의 스무 번째 생일에
마음으로 써 내려 간
시 한 편을
정성껏 시화로 만들고

백화점 화장품 숍에서
얼굴을 붉히며
뜻모를 불어로 쓰여진
향기 좋은 향수를 사들고

가벼워진 지갑만큼이나
가슴은 설레임으로 가득했지

언제인가 네가
대학 입학 선물이라며
나에게 주었던 지퍼라이터를
받을 때만큼이나

지금에 너도
이런 설레임들을
아무런 부담감 없이
추억이란 이름으로
받아들이고 있다면

우리 언제
맥주 한잔 하자.

취중진담

그런 애 이제 잊어버려
너 싫다며 떠난 그런 애
뭐가 좋다고 생각하니
차라리 잘 됐어
네가 아깝다
"그래 맞아,
나도 이젠 잊었어."

이렇게 시작해서
술을 마시고
어느 순간부터인가
술이 나를 마시고……

짜식 아직 정리 안 됐구나
미안해
그래, 그만한 애도 없지
착하고 귀엽고……
참 잘 어울렸었는데……
"그래, 그랬었지."

마지막 바람

뒤늦게 알게 되었어
그때의 그 감정과
그때의 너의 느낌을
이젠 이미
늦었겠지.

지금 생각해보면
아픔만을 주었던 날
너는
너무도 포근히
안아주었어

나의 실수라고 하기엔
너무 많은 잘못과
어설픈 감정 표현으로
나몰래 많이 아파했지
그리고 많이 울었지.

미안해
그 미안함이 너무나 커
너에게 용서를 바라지는 못하겠지
단지,
이해해 주기를 바랄 뿐.

이제 네가
나 이외에 다른 누구를

찾았다면 행복하기를 기도할뿐
이제 주는 쪽이 아닌 받는 쪽이 돼 있기를

하지만
얼굴 한번 본 적 없는
네 옆에 있을 그 사람이
지금 누구보다 부럽다.

재회 I

아무말 못했지
듣고만 있었지
너의 말을

떠나 보내기 싫은데
헤어질 수밖에 없는
기막힌 순간을
멍하니 바라만 보았지

정신을 차려
너의 이야기에 귀기울였을 때
넌 내가 너에게
간절히 듣고 싶어했던

결혼이란 말을
끄집어내고 있었지.

"축하해 줄 거지?"
"그래……행복하길……."

넌 약속이 있어 먼저
일어난다 했지
잡지 않았다
아니, 잡을 수 없었다.

재회 2

커피숍의 뻐꾸기 시계가
2시 30분을 가리켰다.

뻐꾸기가 세 번 울었다.
그녀가 들어왔다.
어색함에 창밖을 보았다.
차는 뭘로……같은 걸로……

10분이 흘렀다.
할 얘기가 있다며……
그냥……잘 지내는지……
잘 지내고 있어……
좋아보이는구나
아직까지 그렇게 지내
글쎄……그 무엇을……아직
할 말이 그거였어.
…………
20분이 지났다.
나 갈게
…………

그녀는 일어났다.
그리고 뒷모습만이 보였다.

눈앞이 뿌옇게 흐려진다.
뻐꾸기가 다섯 번 울었다.
나도 일어나고 있었다.

슬픈 기대

긴 시간 짧았던 기다림
가슴 속에 묻어두었던
3년 간의 그리움 속에
우연히 마주친 넌
눈부시게 변해 버린 모습과
싱그런 미소를 보내며
내게로 다가오고 있었지
일상적인 서로의 물음들 속에
어색함이 사라질 때쯤
아직 혼자라는 너의 대답을
끝으로 각자의 길을 걸었지
다시 내게 희망을 주었던
너의 마지막 말에
이번 만큼은 놓치지 말라며
더 이상 아파하지 말라며
친구들이 준비한 파티
광재의 장미꽃 백송이와 한아름의 안개꽃
문영이의 여러 색의 불켜진 양초 200개
만열이의 2단 케익도
그리고 성식이의 노래도
너와 나의
새로운 만남을 위해
친구들이 준비해 놓은 그날
너에게 전화를 했지
만나자는 나의 말에
"나 결혼 해."란

너의 한마디.
너에게 하고 싶었던 많은 이야기와
들려주고 싶었던 이야기를
묻어둔 채로
한참 후에야 나는 말했지
"축하해."
하지만 널 위한
파티와 친구들의 기대는
어쩌란 말이니.

세상을 따뜻하게 만드는 단어들 I

—아버지

'**아**' 래로만 향하는 사랑
'**버**' 금가는 마음이 세상 어디에도 없는 사랑
'**지**' 나온 시간이 길수록 가슴 저리는 사랑.

세상을 따뜻하게 만드는 단어들 2
— 어머니

'**어**'느 것과도 비교할 수 없는 사랑.
'**머**'리 숙여 조금이라도 갖고 싶은 사랑.
'**니**'가 가장 외롭고 힘들 때 찾는 단어.

세상을 따뜻하게 만드는 단어들 3
―친구

'친' 구야
'구' 차하게 무슨 말이 필요하겠니

그 사람의 이름은

세상 모두가 나를 믿지 않을 때
부모님 이외에 나를 믿어 주던
그 사람

사랑과의 이별 이후
조용히 다가와 아픔을 감싸 주던
그 사람

세상이 나를 자만으로 부추길 때
예리한 충고로 겸손을 찾아 주던
그 사람

주위의 모두가 나에게 등을 돌릴 때
먼 길을 달려와 당당히 내 옆에 서 주던
그 사람
그 사람의 이름은 친구

설렁탕 친구

나—아
너에게 한 가지
고백할 게 있는데

왜 라면은 오래 끓이면
불어서 맛이 없지
하지만 설렁탕은
끓이면 끓일수록
국물이 우러나 진국이지

너—언
그런 것 같아
만나면 만날수록
점점 더 내 마음이 끌려

그런 넌
나에게 있어
설렁탕 같은 친구야.

씨씨가 아니라 C.C.

—귀여운 후배 미연이와 착한 경식 선배에게

우리과에 생긴
최초의 C.C래요
친구들은 서로가
서로에게 콩깍지가 씌웠다고들
그러지만

그런 마음 뒤편엔
부러운 마음이 더 크다는 것을
미연, 경식이는 알고나 있는지

그나마 얼마 없는
공과대학 우리학과
여학생수를 줄이는 데 한몫 거든
경식이가 조금은 얄밉지만

공대생 대 공대생의
예쁜 커플을 만든
미연, 경식 커플에게
작은 박수를 보내기로 했어요.
우리과 모두.

이런 계절에는

그대 목련꽃이 지는 계절에는
사랑을 하지 마세요
화려함 뒤에 오는 그 초라한 모습에 못이겨
자신의 모습마저 싫어할지 모르는
목련꽃이 지는 계절에는 사랑을 하지 마세요

그대 라일락향기 짙은 계절에는
이별을 하지 마세요
라일락향기 날아가 버린 뒤에
그 공허함에 더 못이겨 삶을 놓아 버릴지 모르는
라일락향기 짙은 계절에는 이별을 하지 마세요

그대 장미꽃이 지는 계절에는
정을 주지 마세요
시든 장미에 정이 들어 어루만질 때
그 가시에 찔려 자신도 상처를 받을지 모르는
장미꽃이 지는 계절에는 정을 주지 마세요

사랑의 용기

새장의 문을
열어줄 수 있는
여유를 지니기까지
사랑은 접어 두자

떠날 수 있는 자유를 주어야 한다
훨훨 날개짓을 할 수 있는 자유
그 자유속에 떠나 버린 새는
진정 그대가 그리워질 때
언제든 그대에게로 돌아올 수 있으리

새장 속에 갇혀버린 새는
더 이상 그대를 그리워할 여유가 없다
훨훨 창공을 날던 날개짓
그 자유에 대한 그리움에 병들어 간다
갇힌 새장 속에서의 날개짓조차도
굳어가는 날개로는 힘겹다

진정한 사랑을 하고 싶은 그대
누군가에 힘겨워 하고 있을 그대는
갇힌 새장의 문을
그대의 손으로 열어줄 수 있는
여유를 지니기까지
사랑은 잠시 접어 두어야 한다.

어느 날의 회상

너를 바래다 주며
너를 지켜 주겠다던
수줍은 고백을

그 고백을 약속을
떠올리는 지금은
너와 같이 보았던 첫눈을
나만이 두번은 보았을 시간

너 아닌
나의 다른 사람과
나 아닌
너의 다른 사람을

이제는
서로가 서로를 이해하지.

어느 날 문득

문득문득
옛 생각이 떠오르면
그리움이 몰려오지

학원가 근처에
값이 싸다는 이유로
자주 가던 호프집

비오는 날이면
책도 덮는 거라며 찾던
빈대떡 집의 막걸리

시험 본 날이면
쓸쓸한 인생들이라며 찾던
포장마차 오뎅에 소주 한 잔

그런 모습들 속에서
너와의 만남은 시작되었지
항상 가난한 주머니
털면 먼지밖에 안 나왔지만

누구에게도 지지 않는
내일의 꿈이
서로에게 있었어
그리움 몰려오는 그 시절엔…….

우리 젊은 날에

절망보다 더한 사랑의 가슴앓이
시린 가슴 속에 다가오는 벅찬 젊음
부러져 꺾일지라도 무릎 꿇지 않는
우리 젊은 날, 절망 속에 불러보는 희망의 노래.

독백 I

사랑 그것은
절망보다도 더한
가슴앓이였다.
무너져 내것일 수는 없어도
빼앗기지는 않겠다던
허망한 맹세로 시작되었다.

젊음 그것은
가슴 벅찬 신선함과
가슴 시린 아픔이었다.
포기하지 않는 한
패배는 있을 수 없었다.

시련은 아픔을 동반한다.
가슴 시린 술 한잔에
불꽃 같은 청춘을 태우며
순수한 삶을 위한
기도를 잊지 않았다.

확신없는 삶이 없듯이
젊음에는 확신이란 없었다.
충돌 속에 만들어진 길을 따라
고장난 나침반에 의지한 채
한가닥 희망속에 몸을 던졌다.
어떤 젊음이건
희망은 있다.

절망 속에 젊음은 만들어지고
부러져 꺾일지라고
나의 젊음은
무릎 꿇지는 않았다.

부러진 젊음의 등줄기
그것이 패배의 늪으로
인식될지라도
자신의 가슴속에 남은
불꽃은 소멸하지 않는다.

불멸의 의지
그것은 젊음이다.
한가치의 담배와
시린 가슴 채워 줄 술 한 잔
그것이면 만족해 했다.
젊은 날의 방황은.

방황하지 않는 젊음은
새장 속에 갇혀 같은 세상만을
멍하니 바라볼 수밖에 없는
날 수 없는 새와 같다.
새는 어디로건 날고 싶다.

날고 싶은 의지 그것은
방황하고 싶은 젊음과 같다.

누구나의 본능 속에는
방황이 존재하고 있다.
젊음은 방황을 거부하지 않는다.
그것을 끄집어내는 용기
그 용기를 가진 자는
젊은 날의 그대밖에 없다.

패배를 두려워 한다면
그대를 젊음이라 부를 수 없다.
방황을 거부한다면
젊음을 논할 자격을 그대는
가지고 있지 않다.
무릎 꿇고 싶다면
그대의 다리를 잘라
방황속에 던져라.
그대의 다리만은 진정한
젊음의 길을 걷고 있을 테니.

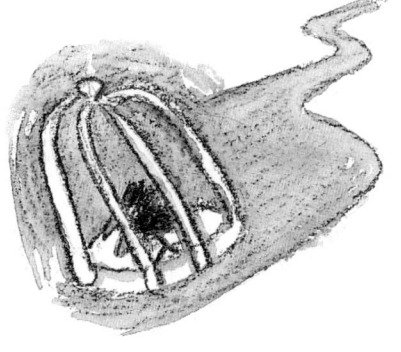

독백 2

젊음에 해답이란 없다.
문제의 출제는 똑같지만
모든 문제에서 정답이란 없다.
해답은 자신의 삶으로 인해
만들어지고 변해간다.

어느 순간 나의 젊음이
내 뜻대로 포기할 수 없는 삶임을
깨달았을 때 비로소 하나의 인생을 느낀다.
결국엔 나 자신밖에 책임져 줄 수 없는 삶
부끄럽지 않게 짧은 생을 살 수는 있어도
부끄럽게 길게 살고 싶은 마음은 없다.

젊음이란 주사위는 던져졌다.
이미 던져진 주사위를 바꿀 수 없다면
다시 새로운 주사위를 던질 수밖에
젊음은 누구에게나 한번씩은 존재한다.
다만 시간이 흐를수록 젊음을
소유할 확률이 줄어들 뿐이다.

원인없는 결과는 있을 수 없다.
한번쯤 실연을 당하고 실패를 해보자
그러면 살아가는 동안
한번쯤 사랑을 하고 성공을 할 수 있을 테니.
미안해 할 줄 알며 관용과 용서를
배울 수 있는 젊음이기를……

틀에 갖추어진 형식
젊음은 이것을 거부한다.
거부할 수 있는 자유
그것이 젊음이다.
하지만 누구도 포용할 수 없는 것을
포용하는 용기 또한 젊음은 가지고 있다.

진정한 나이기를 원할 때
그것이 가식이 아닌 진실일 때
진실을 위해 그대의 두 무릎을
굽히지 않는 용기를 보일 때
우리는 그대를
진정한 젊음이라 부른다.

귀기울여보기

별을 보며 슬퍼한
기억을 가지고 있습니까

사람들은 말합니다
별을 보며
그리움을 노래하고
희망을 가질 수 있다고

하지만 여기
별을 보며 눈물을
만들어 슬픔을 보태는
한 소년이 있습니다

모두가 웃음지을 때
웃을 수 없는 사람들이
같이 살고 있습니다

지금
세상에는

가슴이 답답해지지 않니

100만 수험생이 무엇 하나
서로 다를 것 없이 똑같은 생활
같은 시간에 100만 개의 입에서

똑같은 영어 단어가 수학공식이
웅성웅성 흘러나오고

종소리 나면 백만 개의 도시락
종소리 나면 백만 권의 똑같은 페이지
난 멍청해서 잘 모르겠어
하지만 대단한 사람들인 것 같아
백만명을 동시에 움직이게 만들어 놓은 사람들이

60만 대군이 하루도
틀릴 것 없이 반복되는 생활
같은 시간에 60만 개의 입에서
똑같은 함성이 똑같은 구호가
쩌렁쩌렁 흘러나오고

나팔 소리 나면 육십만 개의 식판
나팔 소리 나면 60만 명의 점호
난 꺼벙해서 잘 모르겠어
하지만 굉장한 사람들인 것 같애
육십만 명을 복종하게 만들어 놓은 사람들이

나는 한국인이야

민족의 정기를 끊어 버린
조선총독부 건물 해체 결정이
근 반세기만에 이루어지고
그 더러운 건물 하나 부셔 벼리는데
몇 년이나 걸리는
자랑스러운 한국

내가 한국인이라면
친일파 100인을 선정해
실물과 똑같은 모양과 크기로
인형을 만들어 조선총독부 건물에
족쇄를 채워 집어 넣은 다음에
다이나마이트를 원폭 모양과 똑같이
만들어 깨끗하게 제거하겠어.

광복 후 바로 하지 못했던
왜놈의 잔재 청산을
한국인 시대에 한국인 손으로
정신적인 청산으로나마
암울했던 시대에 진정한 한국인들과
이유없이 희생당한 원폭 피해 한국인에게
근 반세기만에 민족의 이름으로 사죄드리겠어.

그리고 그분들의 한과
우리 할아버지 할머니들의 한은
왜놈이 우리 강산에 박아놓은
쇠말뚝을 모두 뽑아내서 그걸 고스란히
친일파들의 무덤에다 깊숙히 박아 놓아
한을 풀어 드리고
후세 역사에 대한 고훈으로

우리 시대에 대한 경고로
영원히 보존하겠어.
왜?
우리는 한국인이니까!

유전

독립운동을 하시던
장군의 딸은
아버지의 조국에 한 번
와 본 걸로 소원 풀었다고
마지막 바람이라면
목메인 목소리로
내 조국 내 아버지 나라에
뼈를 묻고 싶다고
숙인 고개 사이로
눈시울을 적신다.

친일 매국을 했던
이완용의 손자는
민중의 피를 짜내어
자신의 기름을 만들었던
지네 할아버지 땅이라고
더위먹은 논리로
수백억 땅을 다시 강탈하겠다고
감히 한국에 한국인의 법원에서
두 눈을 똑바로 뜨고 있다.

젊은 우리 사행시

—태백산맥

'**태**' 백산맥이 무엇이더라
지리시간에 사회과부도로
찾아본 기억으로는 광산, 시멘트,
"아니, 그런 것 말고 임마."

'**백**' 두산부터 한라산까지
외형적으로는 우리 나라의 등줄기이며
내형적으로는 우리 민족혼의 표상인
역사의 숨결과 민중의 한이 숨쉬는 곳
"옳지, 이제야 좀 제대로 나가는구나."

'**산**'하 이 아름다운 우리 산하
민족적 내분과 내적 고통 속에서
외세의 간섭과 힘에 비굴하지 않았던
진정한 한국인이 모여들어
민족의 아픔을 논하던 산하,
"그 참뜻을 기억해야 한다. 우리는 한국인이야."

'**맥**' 이란 무엇일까.
우리 민족을 지탱 시켜준 힘의 근원
민족적 에너지의 순수성의 뿌리
그 맥이 반으로 잘려 오열을 토하는구나.
"이제, 젊은 우리 차례야 맥을 이어주는 일은."

입영전야

훈련의 고통과
그곳 생활의 두려움보다도

나만이 정지해 있는
시간 동안의 세상의 변화가
더 큰 두려움과 고통이다.

젊은날의 비망록
―시련

알지 못하리라.
나만의 가슴 아픔을
어떤 이유로든
먹어본 자만이
사과의 단맛을 알고
마셔본 자만이
쓴 술맛을 알 것이다.

바람도 없는 이날
몸은 왜 이리도 서늘한지
느껴보지 못한 자는
수많은 단어로 표현하려
애쓸 것이지만
그 속을 걷고 있는 자는
침묵 속에 쓴 미소로
보이지 않는 눈물로 표현할 것이다.

정치 1

너만 옳고
너만 잘났지

정치 2

몇 억장씩이나
선거 홍보물을 찍고
참, 돈 많은 나라야.

그런데 왜
항상
그 분야에서는
꼴지 수준일까?

어디 자기 홍보물 안 찍고
그 남은 종이로
낙도 어린이에게 노트 만들어
보내 주는 후보는 없나.

그럼, 나라도 나서지
그 후보 찍자고
멍청한 나도 찍을 거라고
내가 나서서 유세하고 다닐 텐데.

정치 3

그 분야에서
얼굴, 이름 한 번
알려지고 나면

죽을 때까지
어떤 직업보다 큰소리치며
울거 먹을 수 있는

우리 시대의
가장 확실한 직업.

자유를 원하는 나에게

자유를 원하는 나에게
입시의 굴레를 선물해 준
이들은 말하지
진정한 자유를 찾기 위한
하나의 관문이라고

자유를 원하는 나에게
입영의 틀을 선물해 준
이들은 말하지
모두의 자유를 지키기 위한
하나의 의무라고

자유를 원하는 나에게
운동권이라는 이름을 선물해 준
이들은 말하지
현재의 자유를 유지하기 위한
하나의 명분이라고

작가후기

또 그랬습니다

비가 내리기 시작하고 마음 한구석은 또 그리움을 헤집고 있습니다. 우산도 쓰지 않은 채 발걸음을 옮기고 말았습니다. 또 그런 것 같습니다. 이제 그만 해도 될 것 같은데 마음은 그렇지 않은 모양입니다. 처음이란 느낌을 가슴 속에서 지우지 못하게 하는 비, 그 비가 이제는 싫은데 하늘을 모르나 봅니다. 또 그랬습니다.

어김없이 언제인가 처음으로 생일 촛불을 밝혀 주었던 호프집 그 자리에 앉아 있었습니다. 그날의 기억만큼의 술을 시켰습니다. 하지만 한 잔도 마시지 못하고 있습니다. 담배만 피워댈뿐…… 다른 한 쪽에선 생일 파티를 하고 있는 것 같고 웃음소리가 가득 퍼지고 축하 음악이 나오고 박수소리가 요란합니다. 우리도 저랬었는데…… 하지만 그날의 흔적은 찾을 수 었었습니다.

답답해지는 게 숨을 쉴 수가 없었습니다. 자리를 뒤로 하고 술을 그대로 둔 채 거리를 나왔습니다. 아직도 비가 내리고 빨리 어디론가 들어가야 하는데 이 미칠 것 같은 그리움의 비를 맞으면 안 되는데 마땅히 갈 곳이 없었습니다. 하늘을 올려다 보았습니다. 흐린 하늘에서는 눈물 같은 빗물이 흐르고 그 사이로 예전 그 그리운 얼굴 하나가 울고 있습니다. 나에게 뭐라고 속삭이고 있습니다. "그러지마, 이제는 안그래 돼." 그 말이 맞는 것 같은데 마음은 안그러길 바라는 것 같은데 몸은 다른 곳을 향하고 있습니다. 무작정 차를 타고 말았습니다.

차는 혜화동 대학로로 향하고 있었습니다. 아쉬움이 남는 그 거리에 도착하니 언제 그랬냐는 것처럼 비가 온 흔적도 없었습니다. 기분이 좀 나아지고 내 마음도 "너 여기까지 왜 왔니?" 하고 묻는

듯 다시 활기를 찾았습니다. 자연히 발걸음은 즐거움이 있었던 그 시절의 주점으로 향하고 있는데 그때였습니다. 또 그랬습니다.

하늘이 검게 물들면서 빗방울이 떨어지기 시작했습니다. 제법 굵은 빗방울이 어깨를 적시기 시작했습니다. 또 한번의 불안감이 엄습합니다. 쉽게 그칠 것 같지가 않았습니다. 주위는 갑자기 내리는 비를 피하려고 분주해지기 시작했습니다. 포근히 어깨를 감싸안은 채 걸음을 빨리 하는 예전 어느 기억 속에 멈추어 둔 모습과 똑같은 연인들, 포장마차 아줌마의 빠른 손놀림, 연극 공연물을 돌리다 건물 정문 밑으로 비를 피하는 젊은이들 모두들 그렇게 비가 내리니 갑자기 생동감이 넘치는데 나만이 그대로 서 있었습니다.

다시 주점으로 향했습니다. 예전 그 선물의 집도 그 거리에 그대로 있었습니다. 어느 겨울엔가 한달 용돈을 모두 털어 생일선물로 목걸이를 샀던 그 상점에 눈길이 멈추었습니다. 이제는 한달 용돈을 털지 않아도 사줄 수 있는데……

주점 안으로 들어서니 예전 그 모습과 변한것 없이 모든 게 그대로였습니다. 실수했다는 생각이 문득 머리를 스쳤지만 이미 늦었다고 가슴은 말하고 있습니다. 자리에 앉아 잊을 수 있는 그리운 만큼의 술을 시켰습니다. 테이블에는 빈 술병이 하나 둘 쌓여가고 주점 안에 있던 사람들이 이상한 듯 한번씩 나를 쳐다보고 있습니다.

웬일인지 또 술이 취하지 않고 있습니다. 밖에 비가 오고 있다는 걸 잠시 잊었나 봅니다. 또 그랬습니다. 비가 오는 날은 술 때문에 내 몸만 망가질 뿐 마음은 치료되지 않는다는 걸 잊고 있었습니다. 빈 술병이 테이블을 가득 메울 때쯤 귀에 익은 음악이 흐르고 있었습니다. 기억 속에 언제인가 나에게 가장 들려주고 싶었다며 새벽에 전화기에 대고 들려주었던 유재하 형의 그 '우울한 편지'가……

이제 일어설 때가 된 것 같습니다. 음악을 듣고 있자니 가슴에 그리움과 슬픔이 파도를 치는 게 내 자신도 어찌 할 수 없는 외로움이 몰려듭니다. 이제 가야 하는데 그만 나의 자리로 돌아가야 하는데 몸은 다른 곳을 향하고 있습니다. 신촌 간이역까지 와 버리고 말았습니다. 더는 어찌 할 수 없다고 내 마음이 말하고 있습니다. 이번에도 내가 포기하기로 했습니다. 니 마음대로 하라고 말하고 있습니다.

교외선을 타고 이 미친 듯한 그리움의 출발지인 간이역 근처의 작은 강기슭에 와 앉았습니다. 흩뿌리는 비 때문인지 아니면 담배 연기 때문인지 눈앞이 뿌옇게 흐려집니다. 무성 영화의 필름처럼 옛 추억이 강물에 펼쳐져 지나갑니다. 하늘을 올려다보니 푸른빛의 슬픈 달이 떠 있습니다. 참, 외롭게 느껴집니다. 지금 누구의 모습처럼……

"너, 또 왜 왔니? 앞으로 오지 않기로 했잖아, 넌 잘할 수 있을 거야, 이제 이제는 이러지 않아도 괜찮아, 넌 잘할 수 있을 거야, 나 없이도……약속 할 수 있지……."

"그래 너 없이도……이제는 잊고 살 거야. 그 찬바람의 미칠 것만 같은 그리움들을……약속할 게. 너 없이도 혼자 서는 나의 모습 보여 줄 것을……."

어두운 강물 위로 유난히도 환한 달이 밝게 웃고 있습니다.

사랑그리기 12
조금만 울고 많이 그리워하기

초판 1쇄 발행 · 1996년 7월 5일
초판 12쇄 발행 · 1998년 12월 21일
지은이 · 김찬수
발행인 · 박대용
발행처 · 도서출판 등불
주소 · 서울 마포구 합정동 426-1, 301호
전화 · (02) 3143-1966, 332-3880
팩스 · (02) 3143-2757
출판등록 · 1994년 4월 19일 제10-969호

ISBN 89-8028-052-1   03810
값 3,500원

등 불 사 랑 그 리 기

어느날 문득
네가 그리워지면
그러면…어쩌지? 1

임우현 시집

풋사과처럼 싱그러운 젊은 날의 사랑이야기 !

무작정 슬퍼지면?
울어버리면 되지 뭐

한없이 기쁜 날에는?
그냥 웃어버리지 뭐

♪

그런데
오늘 또 네가
무작정 그리워지면
그러면 어쩌지?

내가 그 아이를 사랑하고
있
다는걸 어떻게 표현할지 모르겠어 이것이 사랑일까?

어느날 문득
네가 그리워지면
그러면…어쩌지? 2

임우현 시집

군생활의 외로움과 그리움이
잔잔한 감동으로 다가온다 !
그리운 연인에게
그리운 친구에게
사랑을 선물하세요 !

나 너를 위해
시를 써
너만을 위한
시를 써

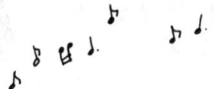

첫만남에서
오늘까지
그리고
아주 아주 먼 미래까지
널 그리며
시를 써

나 너를 위해

사랑하는 사람이 곁에 있다면

그 사람에게 한번 더 사랑한다고 말하세요

최애리 시집

사랑하게 될 연인이라면
처음 본 눈빛에서
이미 예정되는 운명

숨길 수도 없지만
숨긴다 해도 들켜 버릴
우연처럼 이어지는 만남

느끼는 사랑을 확인하려
맘에도 없는 타인을 안아 버리는
가슴에 이는 질투

진정 사랑하기에
떠날 수밖에 없는 이별

멀리 있기에 더욱 간절한 사랑

다시 보지 않으면 미칠 것 같은
사랑 앞에 달려가
무릎 꿇고 하는
영원한 사랑의 고백

다시는 당신을 떠나지 않겠어.

꿈이 많은 아이
그래서 잠을 자면
꿈만 꾸는 잠꾸러기

　　말이 많은 아이
　　그래서 잠만 자면
　　잠꼬대를 하는 아이

비밀이 많은 아이
그래서 술에 취해도
몸과 정신이 말짱한 아이

　　정말 엉뚱한 아이
　　그래서 사랑받는 아이
　　바로 나.

등 불 사 랑 그 리 기

눈을 감고 내 얼굴을 그려봐

김형준 시집

순수한 사랑이 살아 숨쉬는 감성시집!

두 팔을 벌려봐 아주 크게
　　그래 그만큼 날 사랑해야만 돼

내 이름 크게 불러봐 아주 크게
　　네가 외로울 땐 내 이름을 크게 불러야 돼

눈을 감고 내 얼굴을 그려봐
　　아침에 눈뜨기 전 내 얼굴을 생각해야 돼

내 요구사항은 너의 마음에
　　항상 내가 있었으면 하는 거야

널 생각하는 내 마음만큼만

원고를 모집합니다

저희 등불 출판사에서는 귀하의 옥고를 책으로 만들어
드립니다. 가슴에 묻힌 아름다운 추억, 살면서 겪어야
했던 기막힌 사연, 자손에게 물려주고 싶은 인생경험담,
작가의 꿈을 이루기 위해 써두었던 문학작품 등을
출판해 드립니다.

문장에 자신이 없거나 용기가 없어 망설이는 분을 위해
저희 출판사 편집진이 항상 기다리고 있습니다.
언제든 연락바랍니다.

※ 원고는 반환하지 않음을 알려드립니다.

●●●●●●●●●●●●●●●●●●●●●●●●●●

모집원고 : 시, 소설, 수필, 희곡, 일기, 편지, 자서전,
　　　　　　 문집, 회갑기념집, 사진집, 동인지, 기타
　　　　　　 직업에 관련된 수필집 등

모집일시 : 수시

보 낼 곳 : 서울시 마포구 합정동 385-107 중앙회빌딩
　　　　　　 등불 출판사 편집부
　　　　　　 (우)121-220, 전화 322-4595~6)